TO. _____

욕심껏
　　사는 매일

YOKUBARI NA MAINICHI by Sayaka Sugiura

Copyright ⓒ 2008 by Sayaka Sugiura

Original Japanese edition published in 2008 by SHODENSHA CO., LTD.

Korean translation rights arranged with SHODENSHA CO., LTD.

through Owls Agency Inc. and Danny Hong Agency.

Korean translation copyright ⓒ 2015 by Turning Point

욕심껏 사는 매일

스기우라 사야카 지음

haru

50알의 초콜릿

커피와 함께 먹는 초콜릿을 아주 좋아합니다.
선물로 받아서 집에 많이 있을 때는
무심코 세 알, 네 알 집어먹어 버리지만
사실은 하루 한 알만 먹기로 정해두었습니다.
그편이 더 특별하다는 느낌이 드니까요.

욕심껏 사는 매일이라고는 해도
평소에는 평범하게 집에서 그림을 그리다 보니
특별한 일이 매일 일어나지는 않습니다.
그래서 외출할 때는
탐욕스럽게 즐거움을 발견하려고 굽니다.

하지만 가령 집에서 온종일 시간을 보내더라도
하루에 하나 정도는
마음을 움직이는 무언가를 발견할 수 있습니다.

갑자기 마당에 핀 괭이밥 꽃의 어여쁨이란.
봉오리를 전혀 눈치채지 못했으니 기쁜 선물 같습니다.
친구의 말실수를
혼자서 떠올리곤 마구 웃죠.
그저 그랬던 조림 반찬이
하룻밤 자고 일어나 식초를 조금 더 넣으면
엄청나게 맛있어지기도 하죠.
동네 친구가 "무지개가 떴어!"라고
전화를 걸어오는 일도 있고요.

매일의 기쁨을 찾아 모으는 일은
'하루 한 알의 초콜릿'과 닮았습니다.
살짝 특별한, 내게 주는 선물이죠.
이 책에는 그렇게 생활 속에서 발견한
크고, 작고, 달고, 쓴,
욕심 많은 50알의 즐거움이 담겨 있습니다.

자그마한 기쁨 한 알은
의식해서 발견하려고 하는 동안,
자연스레 발견할 수 있습니다.
도전해보세요!

차 례

SPRING & SUMMER

AUTUMN & WINTER

SPRING & SUMMER

AUTUMN & WINTER

SPRING

{SPRING&SUMMER}

동물 모양에 약하다

23. MARCH

일로 좋아하는 선물용 과자를 소개했습니다. 새삼스레 생각하니 동물을 모티프로 삼은 것만 떠오릅니다. 맛은 물론이고, 보기에도 좋아야 합니다. 어쩐지 느긋하고 귀여운 과자는 주는 것도, 받는 것도 행복하니까요. 그러던 차에 요즘 엄청난 인기라는 '동물 모양 간식'을 친구가 알려줬어요. 바로 '세이코테이'가 만든 호두 쿠키. 패키지에 그려진 다람쥐 그림이 묘미인데, 사지 않고서는 견딜 수 없어요. 물론 쿠키도 꽤 맛있어서 두 배로 기뻐요!

유명한 병아리 쿠키
(히요코혼포 요시노도)

사브레로 유명한 '도시마야'지만
콩가루 맛 라쿠강*도 맛있어요.

라쿠강 곡물가루와 설탕을 섞어 굳혀 만든 건과자의 일종

아사가야 '우사기야'의 토끼 만주
얇은 피와 고급스러운 팥소 ♥

비둘기 봉지가 눈에 띄는 '마메겐'
콩 과자는 진짜 멈출 수가 없어요….

호두를 꼭 껴안은 채 먹고 있는
자신을 상상하는 걸까?
알 수 없는 그림…

사르륵 입안에서 노는
달콤~한 쿠키
치즈 맛, 아몬드 맛도
귀엽고 맛있어요!!

くるみの
クッキー

西光亭

포장지 재활용

5. APRIL

선물로 받은 물건의 예쁜 포장지나 리본, 물건을 살 때 포장해준 셀로판지와 포장지, 어느 것도 버리지 않고 잘 간직합니다. 원래 좋아해서 버리지 않기도 하지만, 다시 사용하는 것이 즐겁기 때문이에요. 기념품이나 사소한 선물을 건넬 때 포장지로 사용합니다. 가지고 있는 포장지로 이리저리 궁리해서 선물을 포장하는 작업은 공작시간 같아서 두근거립니다. 생각했던 것 이상으로 안성맞춤으로 딱 어울리면 기뻐서 사진을 찍기도 해요. 다만 궁상맞지 않도록 과하게 만들지 않는 게 요령입니다!

요즘 노시*에 꽂혀있어요.

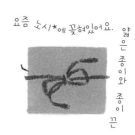

얇은 종이와 종이끈

노시 선물이나 축의금에 곁들이는 색종이와 끈 장식

조합을 생각할 때가
가장 즐거워요.

음, 이 할로 걸까…

리본, 끈은 상자에

하와이 여행 기념품인 너먼트는 양과자점 리핑크색 본으로 마무리 에어 캡과

아래로 늘어뜨린 끈이 귀여워

최근에 친구에게 받은 선물도
에어 캡으로 싸여 있었어요.

영원한 소녀?

친구 생일에 갖고 싶다고 했던 왕골 가방을 선물했습니다. 친구
는 나보다 두 살 연상으로 올해 3×살이 됩니다. 왕골 가방은 상
당히 사랑스러운 디자인으로 그것이 잘 어울리는 영원한 소녀다
움에는 탄복하고 맙니다. 젊어 보이려고 노력하는 것이 티 나지
않게 이래저래 신경 쓰는 듯해요. 나도 서른을 넘어서야 겨우 좋
아하는 차림과 허용되는 차림의 균형을 알게 되었습니다. 그래도
귀여운 물건은 분명 영원히 좋아할 거예요. 나이에 걸맞게 매치
할 방법을 생각하는 것도 어른의 즐거움이니까요.

16

귀여운 옷을 그다지
사지 않게 된 만큼,
소품으로 그 욕구를 표출합니다.
절찬리에 애용 중인 '튜닉' 파우치 ♡

유카타용으로 산 핀

한동안 좋아했던
둥근 깃 블라우스도

이제 힘든 나이…

힘주지 않은 듯 심플한 옷에
무심하게 드는 것이 좋아요.

앞전체를
왕골가방을
꽃으로 장식한
소녀풍 옷가게에서 구매

산책길의 꽃집

요즘 뜸했던 다마가와죠스이를 걸었습니다. 일찍이 에도 시대*
서민의 생활 수로였던 죠스이는 지금은 나무로 울창하게 덮이고,
유유히 흙길이 계속되는 조용한 산책 코스로 바뀌었습니다. 집에
서 걸어서 5, 6분 거리입니다. 흙냄새, 쭉쭉 가지를 뻗은 나무들,
강변의 개성적인 집. 몇 번이나 걸어도 질리지 않는 사랑하는 산
책길인데, 즐거움이 하나 더 있습니다. 바로 산책길 도중에 있는
밭에 서 있는 무인 야채 판매대에서 꽃다발을 사는 것입니다. 금
어초나 맨드라미, 패랭이꽃 등 일반 꽃집처럼 세련된 꽃은 없지
만 소박하고 예쁜 화초가 즐비합니다. 상자에 100엔짜리 동전을
넣고 꽃다발을 살며시 바구니에 꽂고 돌아가는 길은 발걸음도 가
볍고 신바람이 납니다.

자, 어떤 식으로 꽂아볼까.

소송채나 토란 같은 것도 사요. 전부 100엔

18

에도 시대 1603년 3월 24일 도쿠가와 이에야스가 에도를 본거지로
창설한 에도 막부가 집권하던 시대

집에 돌아오니
무당벌레가
나온 적도 있었다!

잘라내고 남은 줄기는
컵에 살짝 꽂아둬요.

우유병에   꽂아서   주방   창가에   늘어놓았습니다.

저렴한 쇼핑은 즐거워

24. MAY

지바 시 근교에 있는 부모님 댁에 들리면 반드시 찾아가는 곳은 옷가게 '패션센터 시마무라'입니다! 아줌마 옷과 싼 여성복이 많은 가게지만, 끈덕지게 찾아보면 깜짝 놀랄 만큼 좋은 물건을 발견할 수 있습니다. 그렇습니다, 나는 시마무러입니다. 게다가 '보물찾기'라는 요소에 굉장히 약하다 보니 그저 그런 놀이공원보다 훨씬 즐겁습니다. 얼마 전에는 여름 신상품이 들어온 터라 총 16가지를 사들이는 기염을 토했습니다. 그렇게 하여 시마무라에서 일어날 리 없는 '만 엔 초과'를 달성했습니다. 시마무라뿐만 아니라 싸고 예쁜 것들을 잔뜩 발견할 수 있는 보물찾기 쇼핑을 즐기기 좋은 계절입니다.

두 근 두 근 ♥

엄마랑 여동생과 함께 자전거를 끌고 돌격!

색, 무늬, 형태, 소재
전부 흠잡을 데 없는 셔츠

890엔

580엔

98엔

주로 속옷과
실내복을 삽니다.

380
엔

물&꽃무늬!
멋지다~

엄청나게 큰 리본을 떼고
브래지어에 달려있던
여분의 리본을 붙였어요.

580엔

시트와
베개 커버도
여기 것을
사용해요….

580
엔

아 주 귀 여 운 캐 미 솔

기분 좋은 횡재

7. JUNE

엊그제 애기해바라기 모종을 얻었습니다. "필요하시면 가져가세요"라고 쓰인 메모와 함께 이웃집 앞에 죽 줄지어 있기에 하나 가지고 돌아왔습니다. 몇 번쯤 문 앞에 책이 늘어선 모습을 본 적이 있습니다. 이 "마음껏 가져가세요"는 나도 한번 해보고 싶습니다. 다른 얘기지만 해바라기를 키우는 건 초등학교 1학년 때 이후 처음입니다. 어떻게 꽃이 피더라? 아니 우선 제대로 키울 수는 있을까? 나는 기분에 따라 화분을 사 와서는 금세 시들어 죽게 만드는 편이라……. 이 칼럼을 통해 꽃이 피었다고 보고할 수 있으면 좋겠습니다.

쑥쑥 위로
뻗어라

'애기해바라기' 라니… ♡
귀여운 이름이다
해바라기의 미니어처 판을
뜻하나 했더니 조금 다르다고 하네요.

가장 튼튼해 보이는
녀석을 골라서

흐음…

호리호리하게 가늘고 길며,
자그마한 꽃을 피웁니다.

다
육
식
물
이
라
든
가…

콘비프캔

이런 꼴이라 물을
그리 주지 않아도 괜찮아요.
튼튼한 식물이
조금 있을 뿐인데…

아이비라든가…

친구에게 넘겨받은
25살이 된 아레카야자

쇼핑 데이!

21. JUNE

탈출, 전신 키치죠지
코디네이트

신간 《처음 만나는 하와이》(와니북스) 작업이 끝나서 오랜만에 쇼핑에 나섰어요. 친구가 쉬는 날에 맞춰서 종일 아오야마~하라주쿠~시부야를 누볐습니다. 요즘에는 대부분 잠깐 시간을 내서 쇼핑하는 패턴이었기에 들떠서 '여름옷을 사겠노라!'며 나가긴 했는데…… 옷 수확은 제로! 이럴 때일수록 눈에 띄지 않다니 도대체 이건 무슨 경우인지? 수확은 없었지만 수많은 사람과 물건을 보고 많은 자극을 받은 하루였습니다. 홈타운 기치죠지에 틀어박히지 않고 도쿄를 더 즐기고 싶습니다. 다음을 대비해서 '항상 가는 코스'를 벗어나려고 괜찮은 가게 기사를 발견하면 그 자리에서 스크랩하려고 주의를 기울이고 있습니다.

24

※가격 등의 표시는 모두 연재 당시의 가격입니다.

요즘은
무심한 듯
시크한 여자가
많구나.

약속장소는
'press six'

오래된
그림책과
유럽의 문구

새 오너먼트 3마리
399엔

종이류 5매
367엔

하와이 태생
햄버거 가게
'쿠아아이나(KUA'AINA)'에서
점심. 턱이 아파요~

아보카도버거 980엔에!

'파머스 테이블'에서
모로코 미나
왕골 가방,
1,680엔

오모테산도
뒤편 가게를
살짝살짝 구경~

차 한 잔 마시고
메이지도리를 빠져나와
시부야로

'마두(Madu)'에서 잡화를 보고

좋아해요...
3,045엔

'파 아비용(Par Avion)'에서
미니 왕골 가방을 또!

필리핀산 꽃 모양 캔들
315엔

인도산 각 손수건
368엔

25

맛있는 그릇

갑자기 도자기를 굽겠다며 가라츠야키* 도자기를 굽는 곳에 제자로 들어간 대학 동기 곤노 군. 우리는 평면 디자인 전공이라 뜻밖의 방향 전환에 꽤 놀랐었습니다. 3년 동안 수업을 받고 고향인 야마가타의 산속에서 홀로 가마를 만들었습니다. 지금은 영양과 너구리에 둘러싸여 열심히 그릇을 만드는 나날을 보내고 있습니다. 곤노 군이 니시오기쿠보의 그릇가게에서 2인전을 열었습니다. 곤노 군은 지금까지 본 적이 없을 정도로 순수하고 바보같이 솔직한 사람으로 조롱당하면서도 모두에게 묘하게 사랑받는 캐릭터입니다. 서툴러 보이지만 힘과 따스함이 느껴지는 그가 만든 그릇 중에서 '초록색 음식을 넣으면 예쁘겠는데'라며 검은색 그릇을 두 점 샀습니다. 그런데 이게 뭐든지 잘 어울리는 아무튼 만능 그릇이에요! 멋진 그릇, 하물며 친구가 만든 그릇으로 밥을 먹자니 더더욱 밥이 맛있게 느껴져서 기쁜 쇼핑이었습니다.

가라츠야키 명품 도기

철제 전등갓

'로잔'은 양심적으로
한 길만 걸어온 가게
상자도 상품도
가게 주인도 멋지다!

요즘 외식과 음주의 연속이었기에 오늘 저녁은 검소하게

행복해요~

뱅어, 푸른 차조기,
가다랑어포, 깨를 밥 위에 얹고
중앙에 노른자를 올린 후,
간장을 넣고
쓱싹 섞어서 먹습니다.

요구르트도 어울려요.

최근 빠져 있는
요구르트 +
후르츠 망고
맛

✳ 곤노 야스타케의 그릇은
앞으로도 계속 쓸 것 같네요.

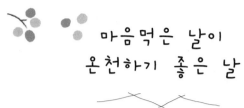

마음먹은 날이
온천하기 좋은 날

서점에서 여는 새 책의 원화 전시회 준비를 마치고 담당 편집자 유키 씨와 점심을 먹을 때의 일입니다. 오후는 휴가를 냈다는 유키 씨와 갑자기 온천에 가자는 분위기가 되었습니다. 그대로 도쿄 역에 가서 특급열차에 올라타고 약 1시간을 달려 키사라즈에 도착했습니다. 찾아간 곳은 유키 씨가 한 번 와봤다는 당일치기 온천시설 '유노사토 카즈사.' 오후 2시 반부터 느긋하게 탕에 몸을 담그고, 마사지를 받고, 맥주를 마시고, 또 탕에 들어가고……. 오후 8시까지 나른해질 정도로 최대한 목욕을 즐겼습니다. 이렇게 갑자기 어디로 떠나는 건 드문 일입니다. 일이 밀려있었지만 마음먹길 잘했습니다. 제법 기분전환이 되었습니다. 뜻밖의 하루였지만 재미있었어요.

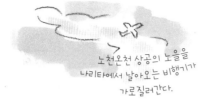

노천온천 상공의 노을을
나리타에서 날아오는 비행기가
가로질러간다.

동굴탕 등
10종류의 온천
마사지에 때밀이,
작은 즐거움이
알차게 담겨 있어서
대만족!

매우 추천합니다.

그중에서도 인상 깊었던 건···
첫 모래찜질 체험

파묻히는 기분은
뭐라 말할 수 없어요···

초심자는 15분 정도
깜짝 놀랄 만큼 땀이
방울방울 떨어져요.
말끔 상쾌!

→ 땀이 송골송골

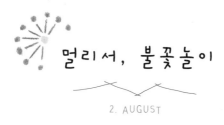

멀리서, 불꽃놀이

2. AUGUST

아는 사람 집에서 열린 '발코니에서 불꽃놀이를 감상하는 모임'
에 참가했습니다. 오래된 맨션 최상층, 집보다 훨씬 넓어 15평은
됨직한 옥상을 독점할 수 있는 독특한 건물! 여기서 좀 떨어진 곳
에서 열리는 몇몇 불꽃축제가 보여서 이곳에 이사온 작년부터 감
상회를 열었다고 합니다. 나는 작년에 아라카와 불꽃축제를 둑에
앉아서 바라봤던가. 가까이에서 보는 불꽃놀이의 크기나 소리의
박력에는 미치지 못하지만 멀리서 보는 불꽃도 왠지 아련해서 좋
아합니다. 다카오 산의 8부 능선 정도에서 바라본 불꽃, 전철에서
보이는 불꽃, 고속도로에서 보이는 불꽃. 전혀 다른 상태에서 멀
리서 피었다가 사라지는 불꽃을 보는 불가사의한 감각. 올해 불
꽃은 이렇게 바람을 맞으며 조용히 감상했습니다. 올여름, 여러
분은 불꽃을 보셨나요?

치요가미*를 바른
수제 사방등

치요가미 색, 무늬가 있는 수공예용 종이

소리가 여기까지는 닿지 않았으나…

22페이지의 애기해바라기는 7/22에 개화!

줄기는 과연 어디까지 뻗을 것인가?

야키소바와 풋콩도 있었어요…,
노점 같은 분위기의 즐거운 모임

유카타를 입은 사람도 드문드문 보였다.
나도 입을걸!

손수건을 앞치마로. 귀여웠어요.

우리 집 할아버지

16. AUGUST

내가 고등학생 때, 우리 집에 온 말티즈 모모짱. 올해로 14세 9개월. 2, 3개월에 한 번 모모를 만나는 걸 고대하며 부모님 댁에 들릅니다. 요즘 마주할 때마다 급속히 할아버지가 되어가고 있습니다. 모모는 작년 여름에 피부병에 걸려서 꼬박 3개월 동안 무척 고생했습니다(아토피라는 오진 때문에 더 나빠졌어요). 지금도 완벽하진 않지만 일단 회복된 모습을 보여주고 있습니다. 하지만 이를 계기로 급격히 노화가 진행되어 소파에 뛰어오르다가 떨어지곤 합니다. 아프기 전에도 쇠약하다는 느낌은 있었지만 그래도 활발했는데. 비실비실 걷는 모모를 보면 슬프기도 하고, 그런 모습도 귀엽고 사랑스러워서 그만 웃어버리기도 합니다. 스포츠맨 타입인 아버지에게 단련된 덕에 내장은 튼튼해서 지금도 잘 먹고 잘 쌉니다. 조금만 더 함께 있어 달라고 염력을 보내는 나날입니다.

밤에는 내 팔을
베고 잡니다.

낮에도 계속 잡니다.

쿨쿨~

보기에는 작은 강아지 같아요.
할아버지인데
하는 짓은 엄청나게 애기…

간지러운 곳을
핥지 않도록
얼마 전까지 이따금

하
고
있
었
어
요.

목
보
호
대
를

가끔 복도에서
멍하니 멈춰서는 모모

· · · ·

아
:

애,
왜 그러니

비
실
비
실

않 들 귀
아 리 는
요 지 거
  의

엉덩이를 툭 하고 건드리면
정신 차리고 걷기 시작합니다.

모모와 걷던 산책길

집에 전화하면 마무리로는 언제나 모모의 안부를 물어봅니다. 엄마는 수화기를 모모 쪽으로 향하게 하고 나는 "모-모"하고 부릅니다. 제대로 이해하는 것처럼 힘차게 방안을 돌기 시작한다고 합니다. 조만간 집에 갈게, 산책하러 가자.

어느 날 아침 8시, 엄마 전화를 받고 깜짝 놀라 일어났습니다. 모모가 이제 기력이 다한 것 같다고 합니다. 큰 심장 발작. 수화기 건너편에서 괴로운 듯 가는 소리가 들려왔습니다. 나는 "모모, 모-모"하고 몇 번이고 불러보았습니다. 마지막의 내 목소리는 모모에게 전해졌을까.

칼럼에 모모 이야기를 쓰고 3개월 후, 모모는 천국에 가버렸습니다. 이별은 너무도 갑자기 찾아와서 엄마만 지켜봤습니다. 뒷동산의 우리 집이 잘 보이는 나무 아래에 엄마, 언니와 함께 모모를 묻었습니다. 정원에 핀 꽃도 있는 대로 꺾어서 꽃 한 아름과 함께.

모모가 잠든 숲. 깡충거리며 활기찬 모모와 아버지와 엄마와 항상 걷던 숲입니다. 뒤에서 천천히 걷는 나를 돌아보는 하얗고 폭신폭신한 자그마한 모습을 떠올립니다. 이따금 홀로 산책하는 길에서 "모모"하고 소리 내어 불러봅니다. 가슴께가 촉촉해지고 다정한 기분에 잠깁니다.

{AUTUMN & WINTER}

첫 오사카

일 관계로 간사이*에 온 김에 하루 오사카에서 놀았습니다. 가보고 싶다고 생각은 했지만 나도 모르게 교토를 우선시하다 보니 이번이 첫 방문! 교토에 사는 소꿉친구의 안내로 잔잔요코초로 향했습니다. 잔잔요코초는 선술집과 장기 클럽, 진한 아저씨들의 사교장이 늘어선 거리로 막다른 길에는 츠텐카쿠*가 우뚝 서 있습니다. 이곳의 명물 쿠시카츠*를 먹어보는 게 꿈이었는데! 걸쭉한 소스를 바른 부담스러운 음식이라고 생각했는데 바삭바삭한 튀김옷에 딱 깔끔한 소스로 가벼운 느낌이었습니다. 아아, 맛있다! 대낮부터 맥주를 걸치니 완전 행복한 기분입니다. 물론 츠텐카쿠에도 올라가서 빌리켄*을 쓰다듬고, 글리코* 간판을 생생하게 즐기고, 오코노미야키로 마무리…… 처덕처덕 즐거운 오사카의 휴일이었습니다.

●
36

'야마쨩'의 타코야키

속에서 뜨끈한 육즙이
주르륵 흘러나오면서…
맛있다!!

딱 좋을 정도로 낡고 지저분해서 마음이 편한 '제니야'
아케이드 정중앙 부근에 있어요.

대낮부터
취객 천국이라고 들었으나
휴일은 관광객도 많아서
괜찮았습니다.

10개 모둠세트 1,100엔

빨간 소시지,
가공 치즈…,
좋다, 이 느낌!
소스 용기에
푹 찍어서 먹는다.

싸다 ♡

간사이 주고쿠 지방과 주부 지방 사이의 지역
츠텐카쿠 오사카 부 오사카 시 나니와 구에 있는 신세카이 중심부에 있는 전망대
쿠시카츠 꼬치 튀김
빌리켄 머리 부분이 뾰족한 불상처럼 그로테스크한 모양의 나상(裸像)
글리코 오사카 도톤보리에 있는 오사카의 상징 같은 네온사인

카페 거리

6. SEPTEMBER

교토 사람이 부러워요. 이렇게 멋진 카페가 잔뜩 있다니. 교토에 갈 때마다 이런 생각을 합니다. 조용히 역사를 지켜온 카페에는 단골 손님이 있고, 젊은 손님도 있습니다. 시간이 멈춘 것처럼 지금도 활기차게 돌아가는 이상적인 가게가 당연하다는 듯 근처에 존재합니다. 오래된 램프와 묵직한 벨벳 소파, 살짝 어두운 조명, 베테랑 주인과 커피 향. 새로운 카페는 아무리 노력해도 따라할 수 없는 동굴 속에 들어온 듯 차분하고도 안심되는 분위기. 고작 하루 머물렀을 뿐이지만 돌아본 가게는 3곳. 모두 다 첫 방문이었습니다. 그중에서도 '로쿠요샤 지하점'은 굉장했습니다. 그런 공간이 우리 동네에도 있으면 좋겠구나, 하며 선망의 눈길로 교토를 생각해봅니다.

작은 기념품

후르츠 샌드위치가 맛있었던 '아루스테'

로쿠요샤 지하점 *

커피는 순해서
진심으로 맛있어요…!
원두도 살 수 있어요.

겉은 바삭하고
속은 쫀득한
명물 도넛

'프랑수아'의 전등갓은
별 모양으로 펀칭이 되어 있어요!
클래식한 인테리어는
한번쯤 볼 가치가 있어요.

*

'로쿠요샤'의 램프

벽에는 기요미즈야키* 타일. 미묘한 색조가 아름답다.

기요미즈야키 교토 청수사(기요미즈테라) 부근에서 굽는 도자기.
교토산 도기 총칭

메이지 클래식

17. SEPTEMBER

오사카, 교토에 이어 나라를 마지막으로 짧은 간사이 여행기도 끝입니다. 나라에서 머무른 곳은 메이지 42년(1909년)에 창업한 100년 이상의 역사를 자랑하는 나라 호텔입니다. 고텐 양식*의 장엄한 건물은 멀리서 보면 마치 커다란 성 같습니다. 붉은 융단이 깔린 로비에는 노송나무로 만든 긴 복도와 계단, 높은 천장에는 등롱 샹들리에가 의젓하게 자리 잡고 있습니다. 메이지 시대*로 시간 여행을 온 것 같은 일본식과 서양식이 섞인 스타일이 정말로 여행의 로망을 돋웁니다. 이런 귀중한 역사적 건축물에서 자다니…… 시크한 티 라운지를 들여다보는 것만으로도 충분하니 나라에 간다면 부디 대불상과 함께 견학코스에 넣어보세요.

유카타 무늬는 사슴

고텐 양식 호화스러운 저택 양식
메이지 시대 메이지 유신 이후의 메이지 천황 통치 기간, 1868년 1월 3일부터~1912년 7월 30일까지
히나마츠리 3월 3일로 여자아이의 행복을 기원하는 행사

맹장지와 난간이 있는 멋스러운 다이닝룸

지붕달린 시계!

안녕

호텔 바로 옆에서도 사슴이 어슬렁거려요.

입구에는 히나마츠리*를 연상시키는 초롱

탈출, 나의 분위기

쇼핑할 때마다 비슷한 옷만 사지 않나요? 나는 기본적인 색과 무난한 모양을 고르는 타입으로 모험은 하지 않습니다. 나의 이런 모습에 매너리즘을 느끼다 못해 친구와 오랜만에 쇼핑을 하러 갔습니다. 친구(남자)는 티는 안내지만 상당히 옷을 잘 입는 사람입니다. 그래서 이번에는 "어울릴만한 옷을 골라줘"라고 전적으로 부탁했습니다. 스스로는 '너무 화려한걸'하고 집어 들지 않을 법한 아이템을 시키는 대로 입어보니…… 어라? 꽤 괜찮은데! 예기치 못하게 쇼핑에 성공해서 단번에 가을의 멋을 즐기게 되었습니다. 남이 골라주니 나보다 훨씬 냉정하게 어울리는 옷을 분석해주는 것 같았습니다. 다만 센스를 믿을 수 있고 함께 즐겨줄 사람 한정이라는 거…….

팔찌도 무척 좋아해요!
목걸이도 손목에 막 감아버려요.

★ 친구가 골라준 것

두 번째 ➡
트렌치코트

➡ 첫 번째
카고팬츠

나라면 주황색은 절대 고르리 없다…!

그런데 입어보니 잘 어울리고 얼굴도 살아요.

카고팬츠에는 여성스러운 상의가 어울려요.

지금 갖고 싶은 건
제대로 된(?)
어른의 신발

온석방하게 사보(나막신)
스타일 신발뿐…

머플러 만세

목에 두르는 걸 좋아해서 매년 가을, 겨울 시즌이 돌아오면 점점 머플러가 증식합니다. 겨울은 코트를 입으면 항상 똑같은 차림이 되기 일쑤입니다. 코트는 그리 쉽게 살 수 없지만, 머플러나 스톨이라면 가격도 적당하고 이미지 변신도 확 할 수 있어 그냥 사버립니다. 며칠 전에도 벼룩시장에 내놓으려고 머플러 종류를 정리하면서 동시에 또 2개나 새로운 걸 샀습니다. 시즌마다 3장, 아니 4, 5장은 사는 걸까요? 한 바퀴 빙, 빙빙, 간단히 감기만 해도 어쩐지 훨씬 멋스러워집니다. 목도리는 가을, 겨울 멋 내기의 든든한 아군입니다.

바구니 4개에
나눠서 수납

영국산 프린지 장식 너풀너풀 머플러
'유나 이티드 애로우즈'에서 구매

100엔

구우보이처럼 둘러요

인도면 스카프는

Flea Market

폼폼이 달린 머플러 300엔!

레이스 달린 미니 머플러

'ANTIPASTA' 제품

내 머플러는
귀여운 초등학생
남자아이가 구매

45

에릭 로메르의 〈만월의 밤〉(1984)
맵시 있게 두른 머플러가
인상적인 영화

체코 다녀왔습니다

15. NOVEMBER

하고 싶은 이야기는 많지만, 좌우지간 맥주 천국! 이었습니다. 맥주라면 사족을 못 써서 여행지에서 현지의 유명 맥주를 이것저것 마시는 게 언제나 큰 즐거움입니다. 체코 맥주는 특히 그 맛이 각별했습니다. 뭐니 해도 맥주의 기본인 필스너 라거가 탄생한 나라이기 때문입니다. 그리고 맥주 연간소비량은 세계 최고! 물보다 싸니까. 그래서 거리에는 맥주 문화가 튼튼히 뿌리내리고 있습니다. 길에는 운치 있는 오래된 비어홀도 많고 어디든 무척 붐빕니다. 자리에 앉자마자 수제 맥주잔이 턱 하니 나오는 가게도 있습니다. 입에 닿는 감촉이 좋아서 벌컥벌컥 마시지만 사실 이곳의 맥주는 도수가 높습니다. 이상, 거나하게 취해서 거리를 떠도는 여행객이.

맥주잔에 깔아주는 코스터도 각양각색…

중세풍 움막 술집

기본 요리는 로스트 포크, 찐빵,

사워크라우트

좀 질린다···

시계 간판, '우 플레쿠'
여기 흑맥주가 제일 좋아

47

역시, 일본!

29. NOVEMBER

라디오 출연을 위해 시즈오카에 갔습니다. 나는 말을 매우 못하지만, 아침 방송을 위해 전날 밤 1박을 할 수 있다는 '여행'의 향취에 무릎 꿇고 뻔뻔하게 나가기로 했습니다. 오전 8시 반에 녹음도 끝났으니 자, 지금부터 본방송이다! 시즈오카 역에서 버스로 도카이도 53차 가도*와 촌락이 남아 있는 마리코쥬쿠로 향했습니다. 촌락 아저씨의 옛날이야기를 듣고, 명물 참마 장국을 3그릇이나 먹어치웠습니다. 오후에는 전철을 타고 근처 야이즈에 들렀습니다. 애수가 가득한 어항을 걷고, 동네 주민이 모인다는 온천도 가고, 마무리로 시장에서 젓갈과 잔 멸치를 샀습니다. 하지만 이날 최고의 수확은 돌아오는 길 신칸센에서 본 후지 산이었습니다. 산기슭의 들판까지 선명하게 완벽한 모습을 본 건 처음일지도 모릅니다. 석양으로 발그레 물든 아름다운 풍경이었습니다. 역시 일본 제일의 산이라고 절실히 느꼈습니다. 후지 산이 선명하게 보이는 날에는 뭔가 좋은 일이 일어날 것 같은 기분이 듭니다. 행복한 가을 여행이었습니다.

48

도카이도 53차 가도 에도에서 교토로 가는 길인 '도카이도'의 53개의 역참이 있었던 도로 총 길이 492km

출장에서 돌아오는 아저씨들도 꼼짝하지 않고 후지 산을 바라보니
차 안에는 온화한 일체감이…

창가가 아니라 아쉬웠어요!

명물 '도미' 도시락을
맥주와 함께

가루를 낸 도미와 매실 밥뿐, 심플하다!

장아찌

레트로 풍 포장지

차 마시는 시간

따뜻한 음료의 온기에 행복을 느끼는 계절이 찾아왔습니다. 내가 차를 마시는 시간은 "자, 열심히 해볼까"라며 일에 다시 착수할 때입니다. 기분을 바꾸기 위해서 차를 탑니다. 그때그때 다르지만 지금 가장 자주 마시는 건 밀크티입니다. 사실은 커피 파이지만 너무 많이 마시면 위가 상하므로 그래 지금이야 싶을 때가 커피를 마실 타이밍(머그잔을 고를 때도 '커피가 맛있게 보이는' 것이 기준)입니다. 어떤 차이든 '맛있어져라'고 마음을 담아 가능한 한 세심하게 타는 그 순간 기분전환이 됩니다.

머그잔은 큰 것만 써요!
이건 헝가리산

✽ 체코제 대형 머그잔을 티 포트 대신 사용합니다.

❷ 뚜껑을 덮고 티코지를 씌워서
오래 우린다.

tea time

❶ 미리 용기를 데운다.
티백을 넣고
뜨거운 물을 따른다.

아래쪽도
따뜻하게 한다.

중국차 컵 뚜껑

❸ 우유를 가득 넣으면 완성

한 입용 과자와 함께…

✽ 한국에서 사 온
유자차

뜨거운 물에 녹이기만 하면 되는 시럽 제형
몸이 따끈따끈해집니다.

설레는 선물 교환

12월부터 1월까지의 파티 시즌, 여러분은 충분히 즐기고 계신가요? 나는 너무 많이 먹어서 위염이 생겼습니다. 그리고 이 기간에 어느 홈 파티에서 오랜만에 선물 교환을 했습니다. 남녀가 섞인 10명, 예산은 1,050엔까지. 그런데 남자도 참가하면 선물 고르는 게 꽤 힘들어집니다. 아주 귀여운 것은 안되고……, 뭐 이래저래 고민한 끝에 나는 '먹을 것'이라는 편한 길을 선택했습니다. 시간이 있으면 가게를 돌아다녀 보고 이것저것 생각해보는 것도 즐겁지만요. 파티가 무르익었을 때 둥글게 앉아서 노래하며 선물을 빙글빙글 돌리다가 노래가 끝나면 멈춥니다. 어렸을 때 파티가 떠올라서 이 순간의 분위기가 최고로 좋았어요! 다 큰 어른들의 선물 교환, 여러분도 파티에서 시도해 보는 건 어떨까요?

나

T양

나는 마쓰모토 카이운도의
명물 과자 '백조의 호수'를 선택
T양에게 받은 건 예쁜 종이 오리기 그림책 ♡

H양

K씨

H양의 취향이 폭주한
인형세트는 45세 수염이 있는
신사 K씨에게…

귀, 귀엽긴 하지만
K씨는 마다라오 고원농장의
'호두 버터'(맛있다) & 법랑 포트

목각 인형

솜 인형은 이미 옛날에 졸업했지만, 목각 인형에는 여전히 손이 갑니다. 목각 인형과 마트료시카를 시작으로 조금씩 모으고 있습니다. 목각 인형의 좋은 점은 느낌이나 그 맛이 세월이 흐를수록 진해진다는 점입니다. 좋아지는 포인트는 다양하지만 역시 얼굴이 생명입니다. "와, 이거!"라며 그 자리에서 사랑에 빠지는 일은 드뭅니다. 하지만 오른쪽 페이지 하단의 인형은 그야말로 한눈에 반한 녀석들입니다. 독일 오스타이머 사 제품으로 아이들의 창조성을 존중하기 위해 이렇게나 소박하게 만들었다고 합니다. 안전한 수성도료의 조합과 포근한 표정에 볼 때마다 흐뭇한 미소를 짓게 됩니다. 크리스마스이브에 만났다는 점도 무척 마음에 듭니다. 할머니가 되어도 좋아하겠죠, 이런 것.

친구의 할머니에게 물려받은
나의 십이간지 멧돼지군

부모님의 신혼여행 기념품

지금은 정~말 좋아하는 거라서 만족할 수 있습니다.

골동품 시장에서 구매

이것도 최근에 산 애장품
이시이 료코 씨의 작품

55

그 밖에도 아빠, 아기, 고슴도치 등
다양한 종류를 갖고 있습니다.

✳ 오스타이머의 인형은 메지로의 '가이노고토리'에서 구매
오래된 그림책과 나무로 만든 장난감이 있는 굉장한 가게예요.

공항의 하늘

영국 유학을 떠나는 친구를 바래다주러 나리타공항으로. 처음으로 비행기가 뜰 때까지 지켜보았습니다. 제1 터미널 5층. 이렇게 멋진 곳에 레스토랑이 있다는 걸 몰랐어요. 다음 여행 때는 여기를 이용해야겠다고 생각하며 전망대로 나가니…… 으, 추워! 커피로 몸을 녹이며 친구가 탄 비행기를 기다렸습니다. 맑은 겨울의 휑댕그렁하니 넓은 발코니. 기분이 좋기도 하지만 묘하게 쓸쓸해서 감상적인 공기가 감돌았습니다. 곁에는 여행을 떠나는 연인을 배웅하러 온 가장 친한 친구가 있어 쓸데없이 더 그렇게 느꼈을지도 모릅니다. 지금까지 수많은 비행기가 뜨는 걸 별생각 없이 바라봤지만, 그 사람이 타고 있다고 생각하니 가슴이 벅차오릅니다. 파란 하늘 속으로 비행기가 점점 작아지며 불안하게 사라진 뒷모습이 떠올라서 나는 "힘내!"라고 크게 손을 흔들어주었습니다.

연신 비행기가 날아간다.
이륙을 잘하는지 못하는지
잘 알 수 있어요.

315엔

日本
JAPAN

PASSPORT
NOTE BOOK

5층에는 항공과학박물관의
기념품 가게도 있으니 추천합니다.
여권 모양의 노트를 샀는데
뭔가 제대로 사진을 붙이는 공간도 있었어요.

첫 건강검진

병원을 무척 싫어하는 엄마를 모시고 건강검진을 다녀왔어요!
한 번도 회사에 다녀본 적이 없으니 신체검사를 받는 건 18살 때
이후 처음입니다. 이유는 알 수 없지만, 키가 1.6cm 자랐다……
검진을 받은 곳은 산부인과로 유명한 곳으로 "여기 혹시 체형관
리실?"이라는 생각이 들 정도로 시설이 깨끗했습니다. 반나절 코
스로 약 4시간 걸렸습니다. 문진부터 시작해서 복부 초음파, 심
전도, 부인과 등 이 방 저 방 돌아다니다 보니 어느새 끝났습니
다. 가장 두려웠던 위내시경용 바륨은 생각했던 것보다 전혀 괴
롭지 않았습니다. 바륨을 소화기 전체로 흘려보내야 해서 커다
란 침대를 눕혔다 세웠다가 하더니, 심지어 그 위에서 나도 빙글
빙글 돌려지기도 했어요…… 마치 실험처럼 느껴져서 살짝 재미
를 느꼈을 정도입니다. 그리고는 3주일 후에 나올 자세한 검사 결
과를 기다리면 됩니다. 늘 "가야지" 하며 마음에 한구석에 걸려 있
던 일을 해치워서 아무튼 개운합니다. 일하기 위해서는 몸이 자
본이고, 일단은 건강이 우선이니까요.

점심을 거르고 가야 해서
배가 너무 고팠어요!
검진이 끝나면 식사가 나와요.

＊ 반나절 코스의 요금은
약 62,500엔이었습니다.

검사용 옷으로
갈아입고 왔다 갔다.
이따금 엄마랑
스쳐 지나갔다.

"수
고
했
네."

"X
레
이
끝
났
어."

59

트
림
은
안
돼
요!

응
—

시큼한 맛이 나며
걸쭉합니다.
참을 수 있을 정도의
맛없음

위를 팽창시키는 발포제를
단번에 마심
바륨은 조금씩

나다운 옷차림이란

핑크 코트, 여성스러운 미니스커트, 화려한 팔찌. 평소라면 손이 가지 않는 아이템에 도전할 때 새로운 나 자신을 발견한 것 같아서 두근거립니다. 친구에게 모험을 추천할 때도 가슴이 뜁니다.

20대 초반과 지금을 비교하면 옷 입는 취향이 상당히 변했습니다. 그 시절에는 레이스 달린 블라우스와 긴 스커트 등 얌전한 차림을 좋아했습니다. 그런데 언제부터인가 내가 '남상'임을 확실히 알게 되면서 소녀 취향은 자취를 감추기 시작했습니다.

나중에 가식 없는 솔직한 친구에게 "그런 차림 참 안 어울렸어"라는 말도 들었어요. "그럼 그때 얘기했었어야지!"라고 웃어넘겼지만, 분명히 그때는 솔직하게 받아들이지 못했을 거예요. "그래도 좋아한단 말이야"라고 했겠지. 지금은 남의 의견에 가능한 한 귀를 기울이려고 합니다. 나만의 취향이 있더라도 뜻밖에 '좋아하는 것'과 '어울리는 것'은 서로 다를 수도 있기 때문입니다.

여성스러운 차림은 여전히 좋아해서 하얀 레이스나 작은 꽃무늬를 보면 금세 손이 갑니다. 너무 달달하지 않도록 어딘가는 날카롭게 포인트를 주는 것도 잊지 않아요. 얽매이지 않고 그때마다 내게 딱 맞는 나다운 모습을 하고 싶습니다.

{SPRING & SUMMER}

슈퍼마켓은 즐겁다

해외에 나가면 슈퍼마켓 탐험하는 것을 좋아합니다. 그런데 일본에서는 정해진 곳만 다닙니다. 얼마 전 업무 미팅을 하고 돌아오는 길에 백화점 지하로 흘러들어 간 김에 가까운 슈퍼 '세이죠 이시이'를 둘러보았습니다. 국내외의 진귀한 식료품과 잡화를 풍부하게 갖추고 있는 곳으로 제대로 구경하는 건 처음이었습니다. 이게 뭐랄까, 여행지 같은 느낌이 들어 두근두근했습니다. 아직 들를 곳이 있어서 대충 보기만 했지만 처음 보는 과자와 요구르트에 '우와 패키지가 엄청 예쁘네', '무슨 맛일까?' 등등 혼자 흥분해서 둘러보기만 했는데도 매우 즐거웠습니다! 이래저래 결국은 무거운 짐을 손에 들고 걷는 처지가 되어버렸습니다.

※가격 등 상품 정보는 연재 당시의 정보입니다.

유자 요구르트,
병에 든 요구르트

119엔　　148엔

시부야 역 빌딩이라는 장소의 특성상

멋쟁이 젊은이들이 많았다.

패키지 그림만 보고
사버린 프랑스제 버터 비스킷 662엔

내 입 안에서 바삭바삭해서 만족

231엔

아침은 빵을 먹어서
잼과 각종 페이스트도
빼먹지 않아요.

525엔

아오하타에서
바나나 잼도 나왔다니
너무 달지 않고
맛있다!

마다라오 고원농장의
검은깨 버터

식빵 1장에
1/2씩 발라서
즐겨요

좀 쓴 마멀레이드

지인에게 왕 귤을 나누어 받았습니다. 귤껍질로 만드는 마멀레이드 레시피도 함께 들어 있어서 도전해보기로 했습니다. 왕 귤의 두껍고 큰 껍질은 버리기에는 차마 아까운 감이 있습니다. 흰속껍질을 벗기는 일과 쓴맛을 빼려고 하룻밤 물에 담가두는 일이 좀 수고스럽지만, 그 후에는 오로지 끓이기만 하면 됩니다. 설탕 분량이 적혀 있지 않아서 그것도 좀 어려웠습니다. 나중에 찾아보니 껍질 무게의 100~150% 정도 넣는다고 합니다. 나는 주뼛주뼛 양을 조절하면서 만들었는데 조금 부족했던 것 같습니다. 하지만 품과 시간을 들인 만큼 역시 꽤 맛있게 만들어졌습니다. 꿀과 섞어서 빵에 바르거나, 요구르트에 넣어서 먹습니다. 잼이라기보다는 오렌지 필에 가깝습니다. 다음에는 조금 더 잘게 썰어서 끓이는 시간을 줄이고(이번에는 8시간 끓였다……), 과즙도 넣어서 달콤하게 만들어보려고 합니다.

속도 맛있게 먹었습니다 ♥

껍질 3개로 병 2개에 들어갈 만큼의
마멀레이드를 만들 수 있어요.

오렌지 필처럼 된 거
장시간 끓인 게 원인인 것 같아요.
다시 도전할 테다!

꿀을 섞어서 스콘에 바르니 맛있다!
다음에는 핫케이크 반죽에 넣어볼 생각

온 집안에
산뜻한 향이…

건물, 가지각색

4년 넘게 소원이었던 이사. 올봄, 겨우 착수했습니다. 목표는 내가 사랑하는 동네 니시오기쿠보입니다. 3~4월은 매물이 가장 많은 시기지만, 딱히 "이거다!" 싶은 물건을 만나지 못해 검토한 도면만 약 100장에 구경한 방은 30곳이 훨씬 넘습니다. 정말 힘들었지만, 무척 재미있었습니다. 따뜻한 마음씨의 오래된 동네인 탓인지 독특한 매물이 많았습니다. 90년대 트렌디 드라마에 나올법한 맨션부터(욕실이 도회적인 검은색) 낡아빠진 연립주택까지 실로 가지각색의 방을 봤습니다. 그리고 겨우 결정한 곳을 간발의 차이로 누군가가 선수 치는 터에 깊이 좌절했던 이틀 후. 더이상은 없을 정도로 최고의 매물을 발견했습니다! 역시 매물은 만남과 인연입니다. 새로운 방은 앞으로 차차 그려나가겠습니다. 자, 이제 곧 새로운 생활이 시작됩니다.

베란다 바로 앞에
벚나무가 있는 건물도

물이 넘치진 않으려나...

작고 작은 독채
2층 일본식 방 곁에 뜬금없이 욕실이!
좁~다란데 화장실은 2개나 있고…

유리블록, 타일
역시 오래된 집이 좋다 ♡

✻ 가지각색 매물

3평남짓의 넓은 테라스
후지 산이 보이는 높이, 집세도…비싸닷

신부 머리

오랜만에 친구 결혼식에 참석했습니다. 31살이 지난 무렵부터 확연히 줄었기 때문에……. 신전식* 결혼식에 출석하는 건 이번이 두 번째로 이번에는 가발이 아니라 자기 머리카락으로 일본 전통 머리를 한다고 해서 흥미진진하게 참석했습니다. 머리를 묶는 건 의상실에서 소개받은 '도코야마 아저씨*.' 일단 곱슬머리를 인두로 정리합니다. 병에 든 기름을 조금씩 발라가며 일본 종이를 꼬아서 만든 종이 끈으로 머리카락의 구획을 나눕니다. 친구는 어깨 길이 정도의 머리카락으로 길이는 충분했지만, 볼륨이 부족해서 정수리 부분만 가발을 사용했다고 합니다. 완성하는 데 1시간 정도 걸립니다. 역시 자기 머리카락이라 매우 자연스러워서 잘 어울렸습니다. 봄날 오후에 쓰개를 쓴 신부. 무척 멋있었어요. 조용하고 엄숙한 식으로 친구 덕분에 멋진 장면을 봐서 감동했습니다.

결혼식이 한창일 때 뒷모습을 보고 생각한 건

거대한 선풍기
나

달 표면 착륙
본인

귀신 주걱
친구

하드 보일드한
도코야마님

쓰개는 봉투 모양의 천을
뒤집어쓰기만 하면 OK

여기에 꽃만 피우면 됨 하하

정문에서 본당까지 한 무리가 걸어오는 장면은
영화 속 장면처럼 아름다웠다.

덧옷이 무거워...

만화에 나오는 안미츠 공주* 같아서 귀여워요!

신전식 신사에서 올리는 일본 전통 혼례
도코야마 아저씨 스모선수의 머리를 틀어
올려주는 사람
안미츠 공주 일본 만화의 주인공

동네 언니

9. MAY

이번에 이사하면서 생긴 슬픈 일은 바로 뒤에 있던 이노카시라 공원과의 이별, 그리고 동네 친구인 모녀와 헤어지게 된 일입니다. 지인의 지인이었던 마유코 씨는 서로 집이 엄청나게 가깝다는 사실을 알게 된 이후, 조금씩 친해진 친구입니다. 마유코 씨는 9살 난 딸을 키우면서 잡화점을 경영하고, 천으로 잡화를 제작하고, 판매도 하며, 베이킹도 하면서 (나와) 술 마시러 다니는 일도 잊지 않는 슈퍼우먼입니다. '누님' 스타일의 멋진 언니로 고민을 들어주거나, 마감 전의 아수라장에 나타나 몰래 반찬을 주고 가기도 하고, 결국에는 짐 싸는 일도 도와준… 여러모로 의지가 되는 내게는 '기치죠지의 언니' 같은 존재입니다. 새로운 생활은 희망으로 가득! 하지만 미련이 남는 이사였습니다. 바로 옆 정거장이라 친구도 공원도 언제든지 만나러 올 수 있긴 하지만요.

오븐을 사면 가장 먼저 따라 하고 싶은
치즈 케이크♡ 최고다!

오븐에서는 항상 좋은 냄새가…
선물로 받은 것들은
셀 수 없을 정도로 많다.

따끈따끈
갓 쪄낸 고구마

말해보고 싶다…

나도 저렇게

그냥 섞어서
굽기만 하면 돼

처음 만났을 때는 2살이었던 모모짱

사무치게 그립구나…

짐 정리하면서
나온 원단을 줬더니
그 일부로 가방을 만들어주었습니다.

추억이 담긴 원단이라
기뻐요~!

호두빵에 스콘

같은 걸 전에도
앞치마를 황에서
만들어주었어요

이사하는 날

23. MAY

무사히 새집으로 이사했습니다! 18살에 부모님 곁을 떠난 이후 지금까지 이사는 모두 혼자 했습니다. 지난번에는 울먹이는 친구에게 2톤 트럭을 운전하게 하는 엄청난 일을 저질렀었지……(너무했죠!). 8년이 흘러서 짐이 더 늘어난 지금은 역시 전문 업자에게 부탁하기로 했습니다. 아무래도 박스만 80개니까요. 네 군데서 견적을 받고 심사숙고한 끝에 결정했습니다. 결과는 완벽했습니다. 아주 기분 좋게 이사했습니다. 이번에도 언니와 친구들에게 실컷 신세를 졌습니다. 항상 도움만 받습니다. 짐 꾸리고 난 후의 밥과 맥주, 이사 전후 일주일 동안은 축제처럼 즐거웠습니다! 하지만 정말 힘든 건 이때부터였습니다. 짐 풀기는 마감이 없는 작업이었던 것입니다. 박스로 세워진 탑이 전혀 줄어들지 않는 요즘입니다.

※이 이사 이야기는 첫 번째 책에 담았습니다.
《이사했습니다: 나의 생활 만들기》(쇼덴샤)

2톤 트럭 2대! 전보다 배로 늘었어요…

✖ THE ISA LOOK ✖

스카프로
머리를 단정하게

박스를
뜯기 위한
커터는
1인당 하나!

언니가 가져온 주머니가
잔뜩 달린 앞치마

짐을 넣기 전에 친구가
소금 탄 물로 새집을
깨끗하게 닦았습니다.

휴대전화는
끈을 걸어서
목에 맨다.

활동하기 편한
넉넉한 크기의
청바지

신고 벗기
편한 신발

풍수지리 책에서 읽었어~

이
삿
짐
센
터
4
명
이
었
직
습
원
니
은
다
.

책만 가득 들어서
지옥처럼 무거운 상자를
2개나 얹어서!!

유유히 짧은 여행

3. JUNE

친구 5명과 1박 2일 일정의 짧은 여행을 다녀왔습니다. 목적지는 시즈오카 현 시미즈의 친구 할머니 댁으로 미호노마츠바라에서 그리 멀지 않은 곳입니다. 대대로 양조장을 운영하는 그 집은 오래되었고 아무튼 컸습니다. 저녁 무렵에는 느긋하게 해변을 산책하고 밤에는 부지 안에 있는 술집에서 만족할 때까지 술을 마셨습니다. 다음 날 점심때쯤 꾸물꾸물 일어나니 할머니가 정성스레 아침 식사 준비를 하고 계셨습니다. 소박하고도 맛있는 밥을 담뿍 시간을 들여서 먹은 후에는 할머니의 자랑거리인 밭으로 갔습니다. 모래땅에서 쑥쑥 자라는 야채를 구경하고, 하귤을 땄습니다. 시즈오카 사람은 다들 저렇게 느긋한 걸까. 많은 사람이 들이닥쳐도 성대하게 대접하는 게 아니라 "천천히 하면 돼"하는 느낌으로 느긋합니다. 그래서 오히려 더 마음이 편했습니다! 일상을 잊고 한 발 빨리 '시골 할머니 댁의 하귤'을 만끽했습니다.

선물로 받은 거대한 양파
생양파로 먹으면 최고!
원래 싫어했었는데

🍀 야채는 대부분 밭에서 딴 것

장아찌

깍지완두

머위조림

바지락조림

락교

계란말이

된장국

맛있어~

콩밥

오랜만이다

식후 차에 곁들여서 나온 건 하귤 마멀레이드 ♥

83세인 할머니 완전히 정정하시다!

GUAVA

이 나무는 무슨 나무

잡지 취재로 하와이에 다녀왔습니다. 지난번 방문했던 가을보다 더 꽃이 흐드러지게 핀 늦봄의 호놀룰루. 이번에는 현지 코디네이터가 함께해서 궁금한 나무나 식물의 이름을 바로 알 수 있어 기뻤습니다. 여기저기에 일본에서는 보기 힘든 신비로운 식물이 자라고 있었습니다. 식물 이름이란 참 신기합니다. 지금까지는 눈에 들어오지도 않던 나무나 꽃이었지만, 이름을 알기만 해도 갑자기 친근감이 느껴져서 발견할 때마다 "아! 빵나무다"라고 외칠 수 있어서 묘하게 기쁩니다.

언젠가는 산책할 때 나무나 꽃의 이름이 입에서 술술 흘러나오는 우리 엄마처럼 될까요?

BREAD FRUITS

큰 열매가
열리는 빵나무
(하와이말로 '우루')

폴리네시아 사람은
열매를 구워서
먹는다고 한다.

감자 비슷한
맛이라고 해요.

OCTOPUS TREE

SHOWER TREE

확실히
문어다!

와이키키에 가지가 휘도록
피어있던 샤워 트리

HALA

할라나무. 잎(라우)으로
모자나 바구니를
만들 수 있어요.

라
우
할
라
바
구
니

동네에서 목욕하기

4. JULY

집에 놀러 온 친구와 저녁 무렵 역에서 만나기로 약속. 이사하기 전부터 지나갈 때마다 '멋진데'라고 동경해온 공중목욕탕 '타마노유'에서 고대하던 첫 목욕을 하기로 했습니다. 목욕탕은 초등학생 무렵부터 굳이 찾아갈 정도로 좋아했고, 혼자 살기 시작한 15년 전에는 한동안 욕조가 없어서 매일 목욕탕에 다녔습니다. 오랜만이지만 옛날부터 친숙한 장소입니다. 그렇다 해도 목욕탕 천장이 이렇게 높았나? 이 무슨 개방감이란 말인가! 불투명 유리가 점차 석양의 자줏빛으로 물드는 모습을 멍하니 바라보면서 탕에 잠겨 있었습니다. 청결함이 넘치는 깔끔한 탈의실, 후지 산 그림, 오래된 벽시계, 가게 규모까지 무엇 하나 빠지지 않는 그야말로 'THE 목욕탕'을 즐겼습니다. 목욕 후에는 좋아하는 술집에 갔습니다. 아, 맥주가 맛있어요!

정겨운 탈의 바구니도 건재하다.

절이나 신사를 연상시키는 기와지붕이 매력!
창업은 쇼와 27년(1952년)

욕조는 3개가 있고,
누워서 즐기는
제트 스파가 최고!

ん—

컬러풀하게 살자

쇼윈도는 완연히 가을로 변했지만 아직은 여름이 한창입니다. 여러분은 바겐세일에 다녀왔나요? 나는 이케부쿠로에만 다녀왔습니다. 최근 2년 정도는 친구의 근무지인 이케부쿠로에서 쇼핑하는 게 붐이었는데 이번에는 세이부 백화점과 파르코에서만 11시간을 보내는 쾌거를 달성했습니다(2끼 식사, 간식 포함). 신주쿠만큼 붐비지 않고, 가고 싶은 가게는 대부분 모여 있어서 노다지라고 할 수 있습니다. 항상 기본 아이템만 고르는 나지만, 이번에는 정신을 차리고 보니 꽤 화려한 잡화를 고르고 있었습니다. 여름이니까, 이런 모험도 가끔은 괜찮은 것 같아요. 밝은색 샌들과 모자를 걸치고 들뜬 기분으로 거리를 활보하며 다니는 중입니다.

〈티티카카〉에서 멕시코의 양철 장식을 구매
우리 집 작은 정원에 장식할 예정

Sandals

〈ANNA SUI〉의 화려한 뮬

Ring

아동복 층에 있던
〈JILL STUART〉에서

Hat 뒷면 레이스 천과 양면으로 사용 가능

Basket

〈Violet
Hanger〉의
왕골 가방

〈유나이티드
애로우즈〉

왕골 가방과 모자는
세일 품목은 아닙니다.

동경하는 낙하산

어느 날 오챠노미즈 역. 친구와 저녁을 먹으러 가는 도중 기분이 좋은 날이었기에 조금 걷기로 했습니다. 선로를 따라 걸어 다음 역인 스이도바시 역에 도착했습니다. "아직 배가 안 고프네." 이런 이야기를 하다가 도쿄돔시티의 '스카이플라워'가 눈에 들어왔습니다. 낙하산 모양의 레트로풍 놀이기구는 고라쿠엔 유원지 시절부터 항상 신경 쓰였습니다. '오늘이야말로 저걸 타겠어!' 친구도 바로 찬성해서 우리는 커플로 가득찬 유원지로 들어갔습니다. 61m 높이까지 올라갔다 내려오는 것뿐인데, 이게 엄청나게 무서웠어요! 울타리로 둘러싸인 상자가 꽤 높게 올라가니 발밑의 불안함이란 이루 말할 수가 없습니다. 도쿄의 야경을 내려다볼 여유 따위 제로. "무서워!"라며 웃는 사이에 끝나버렸습니다. 아, 그래도 섬뜩하니 기분이 좋았어요! 여름밤의 유원지, 왠지 굉장히 좋은 시간이었습니다.

마루노우치선 고라쿠엔 역에서 보이는
도쿄돔과 유원지의 풍경은 언제나 좋아요.

옛날 차량이 귀여웠다…

개원 50주년 전 광장식이 달려 있었어요~

(입장료 무료)

1회 600엔

유카타 나이트

15. AUGUST

다녀왔습니다, 불꽃축제! 바로 옆에서 보면서 엄청난 규모에 크게 감동했습니다. 하지만 역시 이번 대회의 주인공은 유카타*였습니다. 원래 '유카타는 여간해서 입을 일이 없네'라는 생각으로 기획한 거라 여자 8명 중 6명이 유카타 차림으로 에도 강으로 급히 달려갔습니다. 색상, 오비(유카타 띠)를 매는 방법, 소품, 머리 모양…… 가지각색인 차림이 굉장히 '그 사람다워서' 흥미로웠습니다! 평소 소녀풍인 나카요는 역시 귀여운 유카타를 골랐고, 말쑥한 메구미는 씩씩하고 멋있었습니다. 소녀풍부터 불량소녀풍까지 다 소화해내는 마유코씨는 기모노도 세련된 느낌. 다른 사람들의 유카타 맵시를 보고 다음에는 옷깃을 좀 더 빼달라고 해야겠다는 생각을 하면서 너무 유카타답게 입지 않아도 괜찮다는 것을 알았습니다. 유카타 차림의 젊은 여성들 사이에서 힘이 넘치는 30대 여성들의 경연이었습니다. 내년에는 혼자 입을 수 있으면 좋으련만.

뱃속까지 울려 퍼지는 소리가 참 좋아요.

Saya

Megumi

Kayo

Mayuko

계절과 맞지 않는 수국 무늬...

시모키타자와에서 3,000엔 주고 샀다(!)는 빈티지 유카타

내가 하와이에서 사다 준 나비 장식을 머리에 꽂았어요.

모로코의 미니 왕골 가방

엄마가 물려 줌

상급자의 맵시!

귀고리에 팔찌, 너무 앤티크 유카타답지 않게 유카타 백으로

유카타 기모노의 일종. 평상복으로 사용하는 간편한 옷으로 목욕 후나 여름에 입는다.

COLUMN 3
하와이의 목각 인형

취재로 하와이를 방문했을 때 벼룩시장에 참가했습니다. 결국, 기사로 나오지는 않았지만, 하와이 여행에서 가장 즐거운 이벤트였습니다.

역시 일본을 대표하는 물건을…… 하고 메인 상품으로 내놓은 것은 수집 중인 목각 인형이었습니다. '정말 좋아하는 것만 갖고 있자'고 마음먹은 시기라서 딱 좋은 타이밍이었습니다. 오픈과 함께 우리 부스는 새까맣게 사람이 몰렸습니다. 목각 인형을 노린 듯한 무리가 앞에, 어마어마한 무리가! 눈 깜짝할 사이에 매진되었습니다. 일본계의 연배가 있으신 분들이 많이 사주셨습니다. 그러게요, 거기까지는 생각을 못했습니다.

처음 하와이에 갔을 때 일본계 사람이 많아서 깜짝 놀랐습니다. 1세기 전에 이민 간 그들은 가혹한 노동과 역사를 견디고 이영차 힘차게 하와이의 주민이 되었습니다. 그들의 자식 세대인 사람들이 일본의 인형을 보니 기뻤던 것이겠지요. "더 없어요?", "다음에는 언제 또 나와요?" 등 흥분한 표정으로 눈을 반짝이며 물어봤습니다.

아, 목각 인형들도 우리 집에 있는 것보다 훨씬 행복하겠지. 지금도 하와이의 어디선가 일본계 가정의 책장 위에 자리 잡고 있겠지. 또 언젠가 목각 인형을 팔러 가고 싶습니다.

{AUTUMN & WINTER}

소녀의 테이블

친구의 개인전 오프닝 파티의 케이터링을 도왔습니다. 나는 서브이고 메인은 내 전시회 때도 도와준 요리를 잘하는 2인조(리더는 출산 직전인 막달 임신부!)로 술이 나오지 않는 행사였기에 샌드위치와 티 펀치, 간단한 스낵만 준비했습니다. 그래서 감독관 2명의 지시 아래 할 수 있는 만큼 준비해서 보기에도 즐거운 메뉴를 만들었습니다. 가져온 테이블보와 소품을 장식해서 갤러리 입구에는 아주 소녀풍인 공간이 완성되었습니다. 세련된 오브제 전시와 딱 어울려서 "귀여워~"라며 폭풍 자화자찬. 초에 불을 켠 즈음에는 손님들도 속속 도착해서 파티는 대성공을 거두었습니다. 마치 소꿉놀이의 연장처럼 느껴져서 즐거웠습니다.

장식용 스틱을 여기저기 꽂았어요.

전시도 테이블도
캔디 컬러

홍차+화이트와인+과일에
얼음을 넣은 티 펀치

마카롱

컬러풀한 과자

샌드위치는 빵 상자 속에

일러스트레이터인
가토 히로시 군
이번에는
박스 오브제 전시

드라이브의 즐거움

8. SEPTEMBER

당일치기지만 연이어 드라이브 여행을 할 기회가 있었습니다. 나는 운전을 하지 않고 차를 가진 친구도 드물어서 거의 없는 일입니다. 드라이브의 즐거움 중 하나는 휴게소에 들리는 일입니다. 나는 참 좋아해요, 그 독특한 분위기를. 모두가 들떠있는 한낮의 벤치, 어쩐지 노곤한 밤의 술렁거리는 식당. 기념품을 둘러보고(기념품을 체크하는 것도 정말 좋아해요!), 바깥쪽 파라솔에서 경단이나 소프트아이스크림을 사서 먹으며 벤치에 앉아서 잠시 멍하니 쉽니다. 여행 도중, 여행 끝의 공기에 잠기면서. 어릴 적 가족여행이나 소풍의 휴식시간, 다양한 '여행'이 떠오르며 묘하게 싱숭생숭하기도 하고 애틋하기도 한 장소입니다.

2번째로는 총 8명이 나스에 다녀왔습니다. CD 두 장을 가져오라고 했더니 서로 가져온 CD 얘기로 불타올랐습니다!

✳ 사노 휴게소 ✳
(도호쿠 자동차 차도 상행·도치기)

오래된 가게인
닛코·가나야 호텔의 쿠키

이곳은 먹거리가 충실합니다!
딸기 천국 도치기에서만 볼 수 있는
비닐봉지도 귀여워~

일렬로 늘어선 '모쨩 우유'

✳ 누누바 휴게소 ✳
(쥬오 자동차 차도 하행·야마나시)

별 모양 포장지의
포도 주스
두둥, 무려 됫병!

굉장히 마음에 든
이름 도장

에노덴 차창에서

30. SEPTEMBER

초가을의 가마쿠라 에노시마에 다녀왔습니다. 에노덴* 정말 좋아해요. 나무에 부딪힐 듯 늘어선 집들을 아슬아슬하게 달리는 모습에 탈 때마다 심장이 두근두근합니다. 동네 학생들과 할아버지 그리고 느긋한 차 안의 분위기도 좋습니다. 특히 좋아하는 건 시치리가하마 역에서 가마쿠라 고교 앞 역 사이의 바다가 나타나는 부근입니다. 해 질 무렵에 지나가면 주황색으로 물든 바다가 갑자기 눈앞에 나타나서 울고 싶어질 정도로 아름답습니다. 돌아오는 길에는 에노시마에서 고시고에까지 한 정거장 걷는 것도 추천합니다. 오래된 사진관과 양과자점이 즐비한 상점가를 노면전차가 덜컹덜컹 달려가는 향수가 어린 풍경을 즐길 수 있습니다.

에노덴 에노시마 전철이 보유하는 철도 노선

가마쿠라 고교 앞 역의 승차장은 눈앞이 전부 바다!

한동안 벤치에 앉아서 멍하니 바라보았습니다.

통학 중인 쌍둥이 귀여워라 여자아이
♡

나의 스크랩 라이프

17. OCTOBER

10월 25일에 신간 《스크랩북 만들기》(베스트셀러스)가 발매되었습니다. 나의 하루는 노트로 시작해서 노트로 끝난다…… 고 해도 과언이 아닙니다. 아침에 일어나면 전날의 일기와 그날의 업무 할당량을 쓰기 시작합니다. 티켓과 태그를 처덕처덕 붙여서 외출 일기로 사용합니다. 일러스트 자료용으로 잡지를 분철해서 스크랩북을 만들기도 합니다. 지하철 안에서 메모장을 펼쳐놓고 업무 아이디어를 생각하는 것도 좋아합니다. 그리고 라이프워크가 되어버린 여행기. 어릴 때부터 아무튼 뭐든지 노트에 기록했습니다. 그런 지금까지의 경험과 나름의 비결을 정리한 게 이 책입니다. 일기와 수첩 공개는 꽤 부끄럽지만, 내가 제일 좋아하는 취미니까 즐거움을 나누고 싶었습니다. 길고도 긴 가을밤에 오리고 붙여서 나만의 노트를 만들어보는 것도 좋지 않을까요?

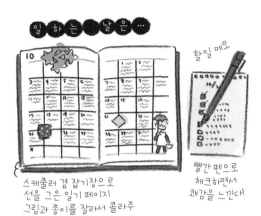

일 하 는 날 은 …

스케줄러 겸 잡기장으로
선을 그은 일기 페이지
그림과 종이를 잘라서 콜라주

할일 메모

빨간 펜으로
체크하면서
쾌감을 느낀다!

95

외 출 하 는 날 은 …

수집품은 '외출 일기'에 붙인다.

특별한 건
컬렉션 파일에
정리

컵 코스터라든가 …

팸플릿 등은
산책 파일에
정리

뜻밖의 선물

단행본 마무리로 바빠서 한동안 못 만나던 친구 히로미가 한 달 늦은 생일선물을 주었습니다. 나도 잊고 있었던 만큼 굉장히 기뻤습니다. 히로미는 서프라이즈를 좋아해서 티 내지 않고 내가 갖고 싶어 하는 물건을 조사해서 깜짝 놀랄 선물을 해줍니다. 성인이 되면서 나름 비싼 가격의 선물을 하다 보니 갖고 싶은 것을 달라고 할 때도 많습니다. 하지만 역시 무엇인지 모르는 선물은 특별히 더 가슴 뛰는 기쁜 선물입니다. 이건 상대방을 잘 관찰하지 않으면 무척 힘든 일이기 때문입니다. 올해는 이런 사랑의 깜짝 선물을 몇 가지 받아서 행복한 생일이었습니다. 나도 선물의 달인이 되고 싶어요.

생일 전날에 때마침
술 모임이 있어서
참석자 모두에게 받은
파우치&기모노 허리띠 장식

기모노는 입지 않으니
이걸로 팔찌를 만들 예정

from Hiromi

엄청난 두께감! 빨리 추워지면 좋겠습니다 …….

비즈 장식 미니 파우치에
들어 있던 구슬 팔찌와
예쁜 핑크 머플러

2004

상당히 큰 반지
투박한 액세서리가 좋아요 ♡

2003

유카타를 새로 장만한 2003년에는
교토 기념품인 허리띠 2개
한여름에 미리 받았습니다.

첫 아에로플로트

II.NOVEMBER

신간 작업이 끝나서 기차를 타고 체코, 헝가리, 오스트리아를 도는 12일간의 여행을 떠났습니다. 여행의 시작으로 무척 인상 깊었던 것은 아에로플로트* 러시아 항공이었습니다. 전부터 이런저런 소문을 듣긴 했지만, 요금의 매력을 이기지 못하고 첫 도전을 했습니다. 시대가 변하긴 했습니다. 민영화된 지 10년 이상 지났으니까 말입니다. 느낌이 좋은 객실 승무원, 낡았지만 청결한 기내, 식사도 평범했습니다. 유럽 항공사 못지않았습니다, 재미있는 부분도 많았습니다.

러시아인 승무원이 하는 일본어 기내방송에 기절(너무 귀엽다!), 작은 TV에서는 영화가 아니라 러시아판 〈수사반장〉(?)이 나왔습니다. 착륙 시에는 모두 하나가 되어서 큰 박수를 기장에게 보냈습니다. 뜻밖에도 즐거운 하늘 여행이었습니다. 다만 시간은 지연되기 일쑤. 환승했더니 짐이 따라오질 않아서 첫날에는 얇은 옷으로 떨면서 프라하를 산책했습니다……

아에로플로트 러시아 모스크바에 있는 항공사

로고가 귀엽다 —

АЭРОФЛОТ

기념선물로 러시아 초콜릿

어스레한
세레메티예보 공항
조명이 예쁘다!

일본분 기내 방송은 로마자로 써진
멘트를 읽기만 한다고. 꼭 들어봐야 한다!

여러분~

모스크바-프랑스 구간에서
나온 런치/박스
내용물은 맛없었어요···.
유럽노선은 옛 영향이
많이 남은 것 같았습니다.

AEROFLOT

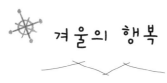

겨울의 행복

28. NOVEMBER

올가을 여행에서 오스트리아 그라츠의 거리를 산책할 때 일입니다. 불쑥 들어간 약국 앞에 수많은 인형이 매달려있었습니다. 자세히 보니 아무래도 어린이용 유단보* 같았습니다. 한 번 발견하고 나니 걸어 다닐 때마다 눈에 들어왔습니다. 여기서는 아직도 대중적인 것 같습니다. 모두 귀여워서 내가 사용할 것과 선물용으로 몇 개나 샀습니다. 어릴 때 엄마가 이불 속에 넣어주던 유단보. 난방을 마음껏 할 수 없던 시절이라 그런지 아주 따뜻하고 기쁜 느낌이었습니다. 올겨울, 20년 만에 유단보 생활을 다시 시작했습니다. 뜨끈해진 이불 속으로 파고드는 행복한 감각이 되살아났습니다. 그건 그렇다 쳐도 커버가 플란넬 소재라서 그런가요? 예전과 달리 아침이 되어도 여전히 따뜻해서 그 점이 더욱 기쁩니다.

유단보 뜨거운 물을 넣어서 사용하는 보온 도구

친구 딸에게 선물
12.40유로

다양한 색깔이 있던 하트모양

7.80
유로

그 외에도 버섯과 곰 등등...

세일해서
6유로

토끼를 좋아하는 가족에게 선물
아 참을 수 없을 정도로
귀엽다 ♥

이건 안쪽도 무척 귀여워!

내 것은 멋진 잡화점 〈FRANKOWITSCH〉에서 구매
아동용품으로 23유로였습니다.

잠 뜨거운 물이 꽤 들어가요.

속은 고무 베개 모양
유단보

밖에서 고타츠

16. DECEMBER

기치죠지의 일식 다이닝 '킨노사루'에는 테라스 석이 있는데 겨울에는 그 자리에 2대의 고타츠*를 놓아둡니다. 나는 2년 연속으로 쉽게 자리를 잡았는데 이 희귀한 자리가 사실 엄청나게 즐겁습니다. 바깥쪽 자리는 그 자체만으로도 기분이 좋아지지만, 겨울밤 찬바람 속에서 고타츠에 들어가 있으면 신기한 기분이 듭니다. 고타츠와 인연이 멀어진 지 오래된 만큼 분위기가 더욱 좋아집니다. 고급스럽고 맛있는 요리, 눈 아래에는 정원의 대나무 숲과 이노카시라 공원의 숲이 펼쳐집니다. 맞은편 꼬치구이 집 '이세야'에서 들려오는 시끌벅적한 소리와는 무연한 어른의 세계. 술맛도 나고, 둥싯둥싯 마음도 대화도 풀립니다. 정말 좋아하는 겨울밤을 보내는 방법입니다.

고타츠 일본에서 사용하는 난방기구, 위판과 다리가 따로 노는 탁자로 다리 부분 위에 담요를 덮고 그 위에 상판을 덮어서 사용한다.

작년에 갔을 때는
정말 추웠어요.
한밤중에 눈이 내렸었습니다.

객실에
방한용 조끼가
있어요.

요리도 맛있어요.
가격은 약간 어른의 가격대

나름의
패션 철학이 있어
작년에는 착용을 거부한
M양도 올해는…

실내 벼룩시장

이사를 앞둔 친구 집에서 열린 벼룩시장에 다녀왔습니다. 나도 이사하기 전에 친구를 초대해서 해봤는데 진짜 추천합니다! 파티처럼 즐겁고 쓰지 않는 물건을 모르는 사람에게 파는 것보다 친구가 사용하는 편이 더 기쁘니까요(하지만 옷장에 처박아뒀던 걸 아주 멋지게 입어내면 조금 복잡한 심경이······). 친구는 패션잡지 편집을 하고 있어 옷도 상당히 많고 물건도 많았습니다. 7명이 찾아와서 순서대로 옷을 입어보고 서로 뺏기도 하고(!) 꽤 긴 시간 흥이 넘쳤습니다. 하루 잘 놀고 옷장도 넓어지니 두말할 필요 없이 좋은 이벤트입니다. 또 누가 이사하지 않으려나.

이건 크리스마스 장식

펠트
티롤리언
모자

진짜 좋아했던
거라고! ○양

이탈리아의
앤티크 레이스

프린지
스톨

가장 비싼
니나리치
블라우스도
2,000엔

머리에 아무렇게나 두르고 싶다!

침대 캐노피에
걸려있던 옷은 ○엔~!
다들 속속 껴입고 지켰다.

예쁜
모양의 뮬

진짜 좋아하는 간식

내 간식이라고 하면 '고자소로'입니다. 가게 이름이기도 하고 상품명이기도 한데 소위 말하는 '오방떡'입니다. 간토 지방*에서는 낯선듯하지만, 나에게는 추억의 간식입니다. 4살부터 10살까지를 보냈던 히메지*가 본거지로 그곳의 백화점과 대형 슈퍼에 가게가 있었습니다. 좀 먼 곳의 슈퍼에 쇼핑하러 가면 엄마는 항상 사오셨는데 형제들과 함께 무척 기뻐하며 먹었습니다. 까맣게 잊고 있다가 4, 5년 전 우리 동네 기치죠지에서 재회! 도쿄에도 진출한 것입니다. 어른이 된 후 먹어도 역시 맛있습니다. 너무 달지 않고 고급스러운 팥소가 꽉꽉 들어있어서 대만족. 인근 역인 니시오기쿠보로 이사한 지금도 무의식중에 들립니다.

✳ 현재 가격은
아니에요

메뉴는
적앙금과 백앙금
나는 단연코 적앙금파!
1개에 73엔이라니
정말 싸다~

간토 지방 일본 지역 구분의 하나로 혼슈의 동부에 위치
히메지 효고 현 히메지 시

달걀, 우유가 들어가지 않아서
아토피가 있는 아이라도 OK!
조카 잇짱이 무척 좋아해요.

한
번
에

3
개
씩

먹
어
요...

키치죠지에 살던 시절은
이노카시라 공원을 걸어가며
덥석덥석 먹기도 했다...

coffee

나만의 고자소로를 즐기는 방법

조금 남은 팥소가
또 맛있어요!

너무 많이 샀을 때
고안한 메뉴
에헤 ~

안에 든 팥소를 꺼내서 팥 토스트로
껍질은 토스터로 바삭하게 구워요.

영하 15도의 세상

13. FEBRUARY

갑자기 한국에 다녀왔습니다. 첫 한국, 서울 2박 3일 여행! 먹고 마시고, 불야성의 동대문에서 쇼핑했습니다. 한밤의 마사지에 한밤의 갈비, 실제로 하루 반나절이라고는 생각할 수 없을 정도로 충실하게 다녀왔습니다. 하지만 이번 여행에서 가장 기억에 남는 건 '추위'였습니다. 2월 중순에 출발하면서 출발 전부터 기온을 체크했지만 별로 와 닿지는 않았습니다. 왜냐하면 최고기온이 영하 7도라지 않는가!? 계속 눈이 없는 스키장을 걸어 다니는 느낌이었습니다. 아무래도 1년 중 가장 추운 며칠에 해당하는 날이었던 것 같습니다(항공권이 저렴했어요). 그래도 이 현실감 없는 추위가 즐거웠습니다. 비닐 텐트가 쳐진 노점에서 고춧가루가 잔뜩 든 국물을 마시고, 난로를 쬐며 맥주를 벌컥벌컥 마셨습니다. 매운 음식이 쓸데없이 더 맛있게 느껴졌습니다. 다음에도 추워서 사람이 드문 밤의 번화가를 깍깍대며 걸어보고 싶습니다.

생선가게 앞의
생선도
모두 꽝꽝 !!

빌린 니트 모자
실제로는 눈만 뚫린 모자를
쓰고 싶었어요.

니트 안쪽에
더플코트를
2장 겹쳐 입었어요.
안에는 원단인
보아가 털이...

철저한 방한 3인조

"바람이 이 사이로
스며들어..."라며
친구는 급기야
마스크를 구매!

109

청바지
아래에는...

하지만 젊은 사람들은 도쿄만큼이나
옷을 얇게 입는다...!

내복

하이삭스

양말

레그워머

＊ 청바지는 한 사이즈 큰 것을 입고 갔어요.

COLUMN 4

눈 내리는 날은

봄도 여름도 가을도 겨울도, 어느 계절이건 나름대로 좋아합니다. 하지만 눈 내리는 날은 특별합니다. 눈을 보면 기억이 차례로 떠올라서 감상적인 기분이 듭니다.

― 처음 도쿄에서 보낸 섣달 그믐날, 나는 11살이었습니다. 안절부절못하며 분주한 엄마에게 쫓겨나서 심부름을 나갔더니 그 겨울 첫눈이 내리기 시작했습니다. 혼자서 풀죽은 내 위로 상냥하게 내렸다가 사라지던 가랑눈.

― 눈이 엄청나게 많이 내린 아침. 고생 끝에 대학교가 있던 시골 역까지 겨우 도착하니 학교 폐쇄 공지가 붙어있었습니다. 역에서 만난 그다지 친하지 않은 동기와 멍하니 차를 마셨습니다. 하얗게 덮인 버스 터미널이 눈부실 정도로 하늘은 맑았습니다.

― 눈이 계속 내린 어느 날 밤, 연인과 산책에 나섰습니다. 오전 3시, 아무도 없는 주택가. 평소와는 전혀 다른 세상을 아이처럼 까불며 걸어갑니다. 끝없이.

― 씁쓸한 연애가 끝난 겨울. 아침 일찍 눈 내린 공원을 걷고 돌아와서 바로 뜨거운 욕조에 뛰어들었습니다. 창문을 열고 내리는 눈을 보면서. 조용한 고독을 진심으로 즐겼습니다.

눈이 일상적이지 않은 곳에서 자랐기 때문일까. 눈 오는 날은 잊기 힘든 풍경을 몇 가지나 마음속에 남겨주었습니다.

{SPRING}

봄빛 옷장

봄 기색이 날로 짙어지고 있습니다. 올해 최초로 산 봄옷은 핑크보더 셔츠입니다. 서른을 넘기던 무렵부터 핑크가 완전히 좋아진 나지만, 20대에는 화이트, 네이비, 블랙을 중심으로 화려한 색은 창피해서 입지 않았습니다. 예쁜 색을 멋들어지게 입은 사람이라고 하면 몇 년 전쯤 전철 안에서 본 외국인 여성을 잊을 수 없습니다. 나이는 50대 후반. 백발 단발머리에 무척 잘 어울리는 아름다운 레몬옐로우 코트를 입고 있었습니다. 헉하고 숨이 멎을 만큼 멋져서 흘끔흘끔 관찰하고 말았습니다. 런던에 갔을 때도 어르신들이 쨍한 파란색과 자주색을 티 내지 않고 맵시 있게 입고 있어서 지하철이나 공원에서 꼼짝없이 서서 쳐다봤습니다. 나이가 들었다고 수수한색만 입을 게 아니라 예쁜 색을 고급스럽게 입을 수 있다면 좋겠습니다. 게다가 이제 곧 봄이니까요!

3년쯤 전에 산 이 코트로
툭 봇물이 터진 걸지도…

이탈리아 수입품

자연스레 드러난 아름다운 다리가 멋있었습니다.

헐렁한 느낌
롤업한 청바지와
입을 거예요.
'홈 스판'에서 샀어요.

마음에 든 펜던트도
옛날이라면 절대로
선택하지 않았을 물건

심플한 티셔츠에 걸치면 예뻐요.

겨울 바겐세일에서 산 팔찌도

이제 곧 하고 다닐 차례다!

멋진 커피 라이프

13. MARCH

고베에서 미팅을 마치고 돌아오는 길에 장어 덮밥을 먹으러 나고야에 들렀습니다. 시간 여유가 있어서 나고야 토박이 친구에게 전화를 걸어 추천할만한 가게가 있는지 물었습니다. 지쿠사 구에 있는 카페로 커피가 엄청나게 맛있다고 합니다. 그렇다면 가봐야지! 빗속을 뚫고 도착한 '미루(milou)'는 다방이라고 하는 편이 더 와 닿는 깜짝 놀랄 정도의 가게였습니다. 주인 부부의 평온한 분위기가 느껴지는 멋진 가게였습니다. 커피도 치즈 케이크도 맛있어서 선물로 커피 원두를 사서 돌아왔습니다. 도구도 세심한 설명을 붙여서 팔기에 가게에서 사용하는 것과 똑같은 원뿔형 드리퍼를 큰맘 먹고 샀습니다. 그런데 이게 굉장히 사기를 잘했습니다! 정말 맛이 달라요. 대중적인 사다리꼴 형 드리퍼보다 뜨거운 물이 원두를 통과하는 시간이 길어서 깊은 맛이 난다고 합니다. 나는 진하고 깊은 맛이 나는 커피를 좋아하기에 안성맞춤. 덕분에 서투르지만 커피 내리는 과정이 점점 더 즐거운 요즘입니다.

법랑
포트

✱ 커피 도구 ✱

그라인더

동으로 만들어서
번쩍번쩍 멋져요!
8,400엔

필터를 구하기 어려운 게
단점

아, 이제
원두가
이거밖에
없다…!

milou
060 wall!

맛.
있.
어.
요.

오늘의 간식은
커피와 함께 선물 받은
'뷔옹'의 서양배 바움쿠헨

카고 걸

고베에서 한 옷가게에 들렀을 때의 일입니다. 가게 안에 있던 나를 제외한 다른 손님 3명이 모두 왕골 가방을 들고 있어서 놀랐습니다. 그날 온종일 모토마치 주변을 걷다가 느낀 점을 확인한 기분이었습니다. '음, 고베는 여성스러운 동네구나……'라고 말입니다. 소녀 취향의 잡화와 카페, 패션이 넘칩니다. 겨울에 왕골 가방을 들고 다니는 일도 이제는 흔해졌지만(초봄이었다) 도쿄에서는 이만큼은 볼 수 없을 것 같았습니다. 물론 나도 한동안일 년 내내 왕골 가방만 들고 다녀서 지금도 온 집안이 왕골 가방으로 가득합니다. 최근 들어 조금 열기가 식었었는데 '역시 귀여워'라며 또다시 눈에 들어왔습니다. 봄에 들 왕골 가방을 찾으러 가야겠어요.

제일 자주 사용하는 건
손잡이가 가죽인 모로코의 왕골 가방

숄더백 타입을
갖고 싶어요.

아이 친구 옷 잘 입는다!

117

앤티크 왕골 가방에 검은색 체크무늬 천을 씌워서

다들 겨울에 잘 어울리는 왕골 가방을 골랐구나.

도쿄의 카페

'로쿠요샤', '신신도', '스마트 커피점.' 교토에는 좋은 카페가 많습니다. 옛날 좋았던 시절의 모습을 지키면서 여전히 왕성히 운영 중입니다. 오랜 단골도 젊은 사람도 함께 시간을 보내는 동네 카페. 얼마 전 고베에 들렀다가 그런 분위기의 카페가 부러운 마음에 전시회가 열렸던 진보쵸에서 전시장 근처에 있는 '에리카'에 과감히 들어가 보았습니다. 전부터 관심은 있었지만 한적한 입구에 주눅이 들어서 들어갈 용기가 나지 않았습니다. 그런데 오전 11시에 이미 가게는 만석이었습니다. 근처 가게 주인이나 작업복 차림의 아저씨들이 신문을 읽거나 대화를 나누고 있었습니다. 느긋하고 마음 편한 시간이 흐르고 있었습니다. 나비넥타이를 반듯하게 맨 멋쟁이 할아버지가 주인으로 메뉴도 맛있었습니다. 우리 동네 도쿄에서도 좋은 카페를 발견해서 조금 자랑스러운 기분이 들었습니다.

세밀한 나무 세공, 램프, 하트 모양 의자
모두 좋은 분위기

버터&잼 토스트
작고 두툼해서 귀여워요.
200엔!

실론티

깊은 맛과 우유가
듬뿍 들어 있어요.

✳ 휴업 중

맺으며

이 책 '욕심껏 사는 매일'은
직장에서 근무하는 여성을 위한 신문 〈시티리빙〉에서
연재한 칼럼을 모은 책입니다.
2주일에 한 번 근황을 보고한다는 셈으로
지금도 계속 그리고 있습니다.
2004년 봄부터 2006년 봄까지 만 2년 동안의 칼럼을
그린 순서대로 배열했습니다.
제목 아래에 붙은 날짜는 게재한 날이 아니라
마감일을 쓴 것입니다.
원고를 그리고 나서 게재까지
약 1개월 정도 시차가 있기 때문입니다.
그래서 계절이 한창일 때의 일은
아쉽게도 그다지 그릴 수가 없었습니다.
그래도 다시 읽어보니
그 무렵의 날씨나 자주 입던 티셔츠,
옆에 있던 사람들이 바로 되살아납니다.
제게는 일기 같은 존재입니다.
변함없이 날마다 횡재하며 사는 매일매일입니다.
다시 2권으로 찾아뵐 수 있으면 좋겠습니다.

{SHOP LIST}

◇ 기본적으로 상호, 주소, 전화번호, 영업시간, 홈페이지 순으로 정리하였습니다.
◇ ( ) 안은 정기휴일
◇ 본문 속 가격 등의 표시는 모두 2004~2006년 당시의 것입니다.

이 책은 시티리빙에 게재한 〈빈둥빈둥 다이어리〉
2004년 4월 9일분부터 2006년 5월 19일까지를 모아서 가필한 것입니다.
본문 중의 가격 등의 상품 정보, 사실 관계 등은 연재 당시의 것입니다.
변경된 경우도 있습니다.

욕심껏 사는 매일

2015년 11월 20일 초판 1쇄 인쇄
2015년 11월 30일 초판 1쇄 발행

지은이 스기우라 사야카
옮긴이 박수현

펴낸이 정상석
기획·편집 문희언
디자인 여만엽
브랜드 haru(하루)
펴낸 곳 터닝포인트(www.turningpoint.co.kr)
등록번호 2005. 2. 17 제6−738호
주소 (121−868) 서울시 마포구 동교로27길 53 지남빌딩 308호
전화 (02) 332−7646
팩스 (02) 3142−7646
ISBN 978−89−94158−81−5 03830
정가 10,000원

haru(하루)는 터닝포인트의 인문·교양·에세이 임프린트입니다.

이 도서의 국립중앙도서관 출판예정도서목록(CIP)은 서지정보유통지원시스템 홈페이지(http://seoji.
nl.go.kr)와 국가자료공동목록시스템(http://www.nl.go.kr/kolisnet)에서 이용하실 수 있습니다.
(CIP제어번호: CIP2015031012)